DIRK ECKERT

DEM KREUZBAUERN SEINE GANS

DIRK ECKERT

DEM KREUZBAUERN SEINE GANS

VOLK VERLAG MÜNCHEN

„Jetzt erzähl' ich sie halt noch einmal,
die Geschichte vom Kreuzbauern seiner Gans …

Als der Kreuzbauer noch kein Klo gekannt hat,
da hat er die Gans zum ersten Mal gesehen.

Ab diesem Moment sind sie
unzertrennbare Freunde gewesen.

Und immer wenn der Schlachter
gekommen ist, hat der kleine
Kreuzbauer die Gans versteckt.

Immer.

Die Gans ist sogar mit in die Schule gegangen
und hat sehr schlau geschaut.

DE
20
16

„Naaa", hat der junge Kreuzbauer jedes Mal gesagt,
wenn einer die Gans kaufen wollte.

Und als er das erste Mal verliebt war,
hat er es nur der Gans erzählt.

Die Gans ist
bei der Hochzeit
dabei gewesen
und bei allen
Kindstaufen.

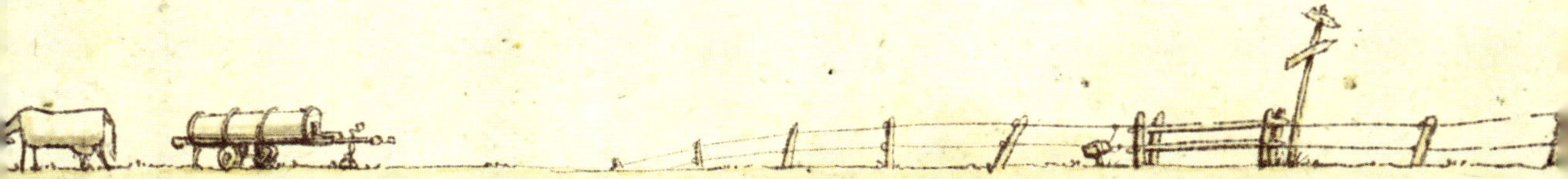

Und abends ist sie mit auf der Sonnenbank
gesessen oder zum Stammtisch gegangen.

Der Bernhacker und der Rieder
haben die Gans immer essen wollen,
aber der Kreuzbauer hat immer
„Naaa!" gesagt.

Als dann schließlich die Frau vom Kreuzbauern gestorben ist, hat die Gans ihn getröstet.

Einmal sind der Kreuzbauer und die Gans
sogar noch im Urlaub gewesen.

Irgendwann hat sich der Kreuzbauer
auch hingelegt, weil's ihm gelangt hat.

„Naaa!", hat die Gans gesagt,
aber der Kreuzbauer hat es
nicht verstehen können.

Dann ist der Kreuzbauer gestorben und
es hat ein richtiges Begräbnis gegeben.

Zum Schluss ist nur noch die Gans geblieben und war ganz allein.

Da hat sie sich zum Kreuzbauern
aufs Grab gelegt. Und gut war's."

DE
2016

„Komm erzähl's mir noch mal!",
schnattert die Gans.
„Naaa", sagt der Kreuzbauer.

DE
20
16

Ende

Eine kleine Geschichte
über große Liebe

DIRK ECKERT
Nicht dem Draxler sein Tag
Hardcover, 44 Seiten, durchgehend
illustriert, 14 Euro

ISBN 978-3-86222-255-1

Die Deutsche Bibliothek verzeichnet diese Publikation in der Deutschen Nationalbibliografie; detaillierte bibliografische Daten sind im Internet über http://dnb.ddb.de abrufbar.
2. unveränderte Auflage

Tel. 089 / 42 07 96 98 - 0, Fax 089 / 42 07 96 98 - 6
www.volkverlag.de
Printed in EU

ISBN 978-3-86222-220-9